SHARK

Story 운雲 ✕ 김우섭 Art

4

어?

...방금 분명히
웃었는데?

0444

뭘 꾸물대?

지금 되게 유치해
보이는 거 알아?

응, 아니까
빨리 골라.

싫은데.

4

뭐 굳이
며칠 더 가시밭길을
걷고 싶다면 좋아.

니들도 이년한테
유감 많지?

휴식 시간 끝날 때까지
7~8분 정도 남았으니까
그동안 너희 마음 풀릴 때까지
실컷 조져.

귀찮아질 수 있으니까 얼굴은 가급적 건드리지 말고.

옛!

또 웃어?

…다행이네.

뭐?

…날이면 날마다 오는 기회가 아니거든.

?

그러니까 이번 기회에 앞으로 내 그림자만 봐도 오줌을 지리도록 만들어줄게.

…너희 전부.

뭐야 싸울 건가 봐.

너무러 들어가.

비켜 이 좆밥년들아.

…

재밌네. 갑자기 이렇게 돌변한 이유는?

9

앗차, 방심했…

쪼개기는…

시간 없으니까
일단 좀 맞고
나중에 설명 들어.

그래.
너도 있었지.

다들 뭐 해…

한꺼번에 조져!!

전체 동작 그만!!

!?

아, 씨발.
스타일 다 구겼네.

아무도
나서지 마.

…

이년은
나 혼자 상대한다.

턱이 돌아가는 바람에
순간적으로 정신을 잃었지만
체력적으론 전혀 문제없어.

집중해서 상대하면
충분히 이길 수 있다.

그럼 그렇지.
유선 언니가
그렇게 허무하게
무너질 리가 없지!

불끈!

깜빡했네.
원래 이런 년이었지?

척

이제부턴
방심하지 않고
진지하게 상대해…

끄윽!!

쾅!

전부터
느낀 건데.

쿨럭!

쿨럭!

넌 말이 너무 많아.

크흑…!!

욱신!

욱신!

그냥 쟤네 도움 받지?
나도 그쪽이 편해.

빠지직!

!!

하아…

이 씨발년이!!

으아아아!!!!

진짜 싸움꾼이니 뭐니 하면서
하도 잘난 척하길래
그래도 좀 하나 보다 했는데…

뭐가 다른 거야?

지난번보다
훨씬 빠르잖아!?

움직임을
전혀 따라잡을 수가 없어.

15

내가
약한 게 아니야.

여자들끼리의 싸움에선
단 한 번도 밀려본 적이
없는 나다.

그런데

이 비상식적인
강함은 대체…?

기억나?

밟아 죽인다고
했잖아.

…

약속은…

아직 살아 있지?

지켜야지.

꽈

쳐!!

제길,
그렇게 잘난 척하더니
쪽도 못 쓰잖아?!

잠깐,

21

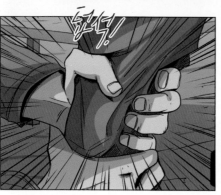

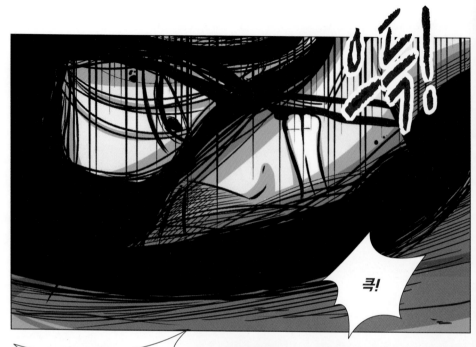

큭!

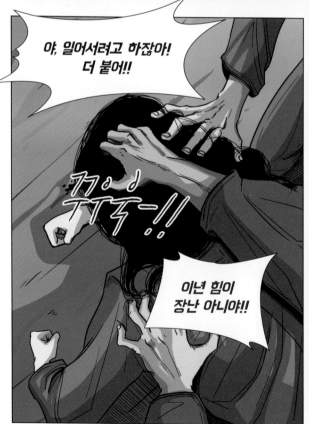

야, 일어서려고 하잖아! 더 붙어!!

이년 힘이 장난 아니야!!

꽉 잡고 있어!

뚝해기 땐다.

으억!!

도망간다,
잡아!!

도망을
가긴 누가?

커…헉…

허억~

…

허억~

하지만 도현이 형과의
스파링에서 경험한
스피드와 비교하면
크게 대단할 것도
없었는데…

빠른 발차기였던 건
분명하다.

왜 허무하게
당해버렸을까?

30

발을 손보다
능숙하게 다룰 수는 없어.

그뿐이 아냐.
킥을 위해 한쪽 다리를
들어 올리는 순간

필연적으로
신체 균형에 문제가
생길 수밖에 없어.

그리고 손으로는
펀치, 꺾기, 비틀기, 조르기같이
상황에 맞춰 다양한 기술을
사용할 수 있는 데 반해

발로 할 수 있는 것은
딱 정해져 있지.

그럼에도 불구하고
많은 파이터들이
여전히 발차기를 애용하는
이유는 두 가지야.

두 가지요?

첫째는 리치.
다리가 팔보다
긴 건 상식이지?

펀치가 칼이라면
킥은 창이라고
할 수 있지.

둘째는 파워.
아무리 허약한 사람이라도
일단은 걸어 다녀야 하기 때문에
평생 자연스럽게 단련하는 부위가
바로 다리거든.

당연히 펀치와는
비교할 수 없는 파괴력을
낼 수밖에.

역시 그때
들어두길 잘했어.

일단은 임시방편으로
맞서면서 상황에 따라
탄력적으로 대처하자.

빨리!
일단 침상부터
확보하고!

비번들도 전부 불러들여.
손 많이 필요하니까!

무슨 소리지?

츄르륵

터벅

터벅

...

머엉

길 좀 터주세요.
중상자예요.

예?

아, 예!

흥성

흥성

패싸움이라도 난 건가?

얼마나 치열하게 싸웠길래…

실례 좀 할게.

?

남는 병실이 없어서 그러는데 잠시만 같이 지내.

예?

다른 환자들하고 같은 병실에 둘 수가 없는 아이라서.

예. 저는 상관없는데…

너도 양해 좀 해줘. 어쩔 수 없잖니.

…

털썩

효 아악ー!

...

너 정말 미쳤니?
행동 조심하라고
몇 번을 말했니!

이런 경우엔
괜찮다면서요?

스물하나.

스물둘.

멈칫!

!

하아, 그 말을
그렇게 해석하면
어떡하니.

그런 건 정당방위라고
부를 수 없어.

터벅

이번 일로 입실해야 하는
사람만 열 명이 넘어.
한 명은 민간 병원으로
후송시켜야 할 지경이고.

...지금 무슨 소릴
하는 거야?

38

그러니까 나 한 명 조져보겠다고 사방에서 덤벼드는 수십 명을

어, 어쨌든 다른 수용자를 폭행하고 부상을 입힌 건 규정 위반이야!

그저 가볍게 뿌리치기만 했어야 했단 거죠?

...지랄한다.

그럼 어디 한번 말해봐요. 내가 어떻게 했어야 하는데?

설마 저 소녀 혼자서 그 많은 인원을 박살 내 버린 건가?

참았어야지! 일단 꾹 참고 나중에 직원들에게 보고해서 정식으로 해결했어야지!

저 말...

참아도 보고
선생님께 보고도 해봤는데
다 안 돼서 그랬던 거라고요!!

뚝 뚝

난 그 녀석하곤
달라요.

…난,

갑자기
왜 짜고 지랄이야?

진실만을
지방경찰청

그런다고
감형 안 돼, 인마!

...

그러니까
내가 맞아 죽었어야
한다는 말이네요?

그전에 네가 적극적으로
대응하지만 않았으면!

아하, 그럼 그 개 같은 년
가랑이 사이로 개처럼
기어 다니면서 멍멍 짖었어야
했단 말이네요.

그렇게 삐딱하게
대답하지 마.
네가 걱정돼서 하는
말이잖니!

말은
똑바로 해야죠.

본인 진급이
걱정되는 거잖아요.

움찔!

뭐?!

피곤하네요.

속

그만 말할 테니
보고서는 알아서
올리세요.

어차피 처음부터
그럴 생각이었잖아요.

…

저 기분…
나도 알 것 같아.

오늘도 분명 최선을
다해 단련했는데…

왜 잠이 안 오지?

이 커튼 너머에 그 애가 있겠지?

차가워 보이긴 해도 상당히 예쁘게 생겼던데…

!!

정신 차려 차우솔!!

지금 무슨 생각을 하고 있는 거야!

그냥… 같은 또래 여자애하고 이렇게 가까이 있어본 게 너무 오래돼서 그러는 것뿐이야.

지희는 잘 지내고 있을까?

지금 내 모습을 보면
지희는 뭐라고 그럴까?

마지막으로 법정에서 봤을 때
엄청 많이 울었었는데…

지금은
괜찮아졌겠지?

아무래도
좋아하겠지?
나 그래도 조금쯤은
남자다워졌잖아.

아니, 여기 들어와서
이상한 것만
배우고 있다고
오히려 싫어하려나?

…연락 좀 하지.

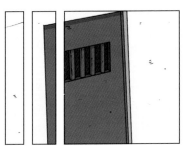

준비됐어.

그럼
시작하겠습니다.

노, 노... 미스 성공입니다!

한 단계
더 성장했다.

…기다려라.

녀석을 쓰러뜨린 후엔
곧바로 너야.

정상협!

짜익,

짜익,

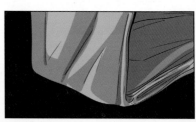

쑤씩!

킄!

괜찮아요?

신경 꺼.

거동이 불편할 정도의
중상자만 제외하고
전원 5분 안에
현관 앞으로 집합해.

...

훽!

글걱,

덜컹!

예?

의무실
보수 사역이다.

뚜벅
뚜벅

터벅

터벅

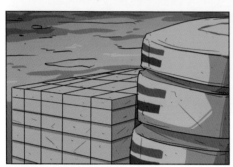

터벅

걘 왜 열외야?

아 짜증 나...

터벅

투—웅!

뚜벅

뚜벅

흐읍...!

꼬옥_

긍정적으로 생각하자.

근력 훈련으로도
제격이잖아?

후우~

!?

…누가 같이
좀 들어주지 않고.

부들

부들부들

턱

!!

쿠웅!

꽝짝!

어?

씨발…

괜찮아요?

그거 이리 줘요.

！

꺼져.

！

...

밥도 혼자 먹네.

같이 먹자고 하면…
또 한 소리 듣겠지?

!

냐옹~

콩

콩

싱긋

톡

촵짝

촵짝

이런 곳에
고양이가 다 있네.

!?

냐웅~

그래 잠시만~

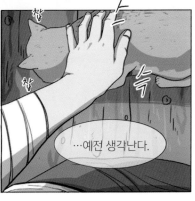

...예전 생각난다.

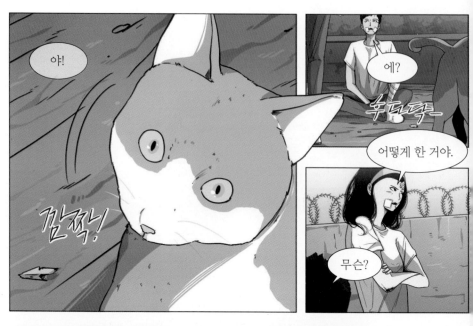

친해지고 싶다고
다짜고짜 불쑥 다가가면
안 돼요.

일단 서로 눈을 마주치고
천천히 깜빡깜빡해봐요.

...눈을 마주치고
깜빡깜빡?

그게 고양이들
언어로 앞으로 친하게
지내고 싶다는 뜻이거든요.

흥,
까탈스럽기는.

...당신이
할 말은 아니지.

!!

이런 건
어떻게 알았어?

!

…친한 친구가
동물을 좋아해서.

아 그게…

...

이것도
아니야.

중얼

그때 도현이 형이
가르쳐준 건 말 그대로
임시방편일 뿐이야.

…상황이 틀어질 때도
대비해야 해.

후우-

후우-

다시…

야!

깜짝!

?

64

그만해.
정신 사나워.

아... 미안해요.
그런데 꼭
연습해야 돼서요.

하려면
똑바로나 하든가.

자세도
다 틀리는 주제에.

음?

저기
잠시만요.

뭐?

아, 미안해요.
다름이 아니라
방금 그거.
할 줄 알아요?

뭘?

그 발차기.

뭔 소린가
했네.

할 수 있어요?

그럼 내가 너처럼
등신이겠냐?

툭!

가르쳐줘요!

미친.
내가 왜?

내, 내가 고양이
부르는 법
알려줬잖아요.

…하긴.

슥

고마워요.

슥

이거 맞지?

그때와 똑같아!

무릎은 놔두고 허리로만 흉내를 내보려고 기를 쓰니까 그렇게 흉해지지.

보여줬으니까 꺼져.

휙!

저, 저기! 천천히 한 번만 더 보여줄 수 있어요?

…무릎?

싫어.

왜, 왜요?

너도 고양이 부르는 법
한 번만 보여줬잖아.

그러지 말고
딱 한 번만 더 보여줘요.
부탁할게요.

…귀찮게.

…안 되는 건가.

그래도
한 번 봤으니…

마지막이야.

！

…싫은 척하면서
해달란 건
다 해주잖아?

사실은 굉장히
친절한 사람일수도?

됐지?

…

다리가 일정 높이까지 올라가면
허리에서 1차 회전,
골반에서 2차 회전,
마지막으로 무릎까지 회전시켜
순간적으로 킥의 궤적을 바꾼다.

그렇기 때문에
마주 선 상태에서
상대의 뒤통수까지
가격할 수 있었던 거야.

일반적인 상단 차기와 비교하면
중간에 적지 않은 힘을 상실하지만
일단 성공만 하면 목덜미나 뒤통수 같은
치명적인 급소를 가격할 수 있기 때문에
크게 문제 될 건 없어.

…도현이 형이
마지막으로 알려준
'첫 번째 기술'과도
비슷한 점이 많구나.

아! 고마워요.

덕분에 많은
공부가 됐어요.

뭘 그리
멍하니 서
있어.

!

움찔

…

훅!

이런 건 어디서
누구한테 배웠어요?

멈칫

거의 다 회복됐네.
이제 원래 방으로
돌아가도 되겠어.

우리 너무 자주
보진 말자.

예.
감사했습니다.

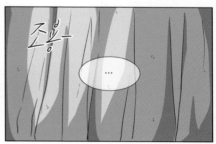

...

들어가.

수고하셨습니다!!

예?

왜, 왜들 그러세요??

황당

…??

뭐… 뭐지…?

말씀 낮추십시오. 그땐 몰라봬서 정말 죄송했습니다!

왜는 왜겠어.

네가 넘사벽 3인방 중에 한 명을 깨버렸으니까 그렇지.

아…

저기 봐.

목공반 애들 완전히 초상집 분위기잖아.

...

이틀 후에 네가 한성용까지
깨버리면 제과제빵
애들도 저 꼴 나겠지.

어떤 사람은
너보고 갓우술이라
부르더라.

행복하냐?

응?

예전에 너 끌고 가서
갈구던 놈들이
저러고 있는 모습
보니까 행복하냐고.

...

모르겠어.

이틀 후

뚜둑

뚜둑

뚜둑

뚜둑

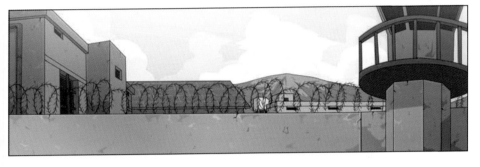

어? 반장님
저기…

?

저벅

저벅

어이쿠,
패잔병 나리께서
여긴 어쩐 일이시래?

왜? 내가
못 올 곳이라도
왔냐?

아아, 그럴 리가.

얘들아 여기 자리
하나 내드려라.

후다닥!!

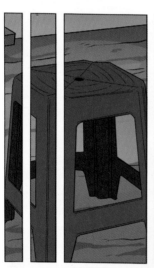

한 가지만 명심해.

녀석을 대등한
힘을 가진 상대라고
생각해라.

얕잡아보고
설렁설렁 하는 순간…

넌 진다.

너처럼?

새끼가 좋은
말을 해줘도.

그러니까 제대로 마무리하고 싶어.

!

여, 왔냐?

잘 쉬었냐?

덕분에.

싸움이 길어질수록
경험이 부족한
내가 불리해.

시작부터 몰아쳐서
최대한 빠르게 끝낸다!

이것 봐라, 시작부터
세게 나오는데?

일단 간부터
좀 볼까!!

크윽!!

쉬악!

…이원준과는 또 달라.
이원준이 뭐든 때려 부수는
쇠망치라면…

…불과 몇 달 사이에
사람이 저렇게까지
변할 수가 있다니.

이자의 공격은
송곳처럼 예리하게
급소를 파고든다.

정말 대단해.
인정하지.

그런 의미에서…

조금쯤은 진지하게
놀아볼까!

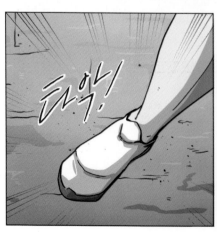

!!

뭐지!?

아직이야.

커헉!

벽을 구름판처럼
활용하다니.
…저런 식의 공격은
처음 본다.

킥!

전형적인 인파이팅을 펼치는
나와는 달리 한성용은
타고난 유연성과 발재간을
바탕으로 한 변칙 공격에
능한 놈이다.

실전 경험이 절대적으로
부족한 저 녀석에겐
천적이나 마찬가지야.

벌써부터 그렇게 눈을
동그랗게 뜨고
쳐다보면 곤란한데.
아직 보여줄 게
많이 남았거든.

역시 저 다리를 봉쇄하지
않는 한 승산이 없겠어.

…위험부담은 있지만
해보는 수밖에.

꼬악

타악!!

발차기를 잘하는 적과
마주했을 때는
어떻게 해야 하나요?

근본적인 대책은
그냥 내가 상대보다
더 잘 차는 거지.

임시방편이요?

…그런 건 형한테나
해당되는 거잖아요.

잘 봐.

하하. 물론
임시방편도 있어.

맞아. 방금 전의 너처럼
뒷덜미를 짓눌린 상태에선 대부분의
타격기를 정상적으로 쓸 수 없어.

펀치든 킥이든
예외 없이 말이야.

무기가 봉쇄된 상대를
이 상태에서 때려잡든
넘어뜨린 후에 꺾든 비틀든 조르든
취향대로 마무리하면 돼.

아…

물론 세상 모든 테크닉이
그러하듯 여기에도 약점은 존재해.
약점이 없다면 애당초 임시방편이라
부르지도 않았겠지?

타따딱!!

…위험부담은 있지만
해보는 수밖에.

안 돼, 저렇게
덮어놓고 돌진하면…

찍

이거 생각보다
쉽게 끝날 수도 있겠는데?

둘째.
한 손으로 상대의 몸통을
컨트롤해야 하기 때문에
나 스스로의 체력 소모가 극심해.
특히 상대의 완력이 나보다
셀 경우엔 말짱 도루묵이지.

나나 정상협에게
비할 바는 아니지만
주근깨 녀석도 체격 대비
무척 힘이 센 편 이거든.

한정 없이
짓눌려 있을 놈이 아니야.

꺼져라.

!!

커헉!!

놓쳤다!

쿨럭!

쿨럭!

제법 괜찮은
작전이었어.

하지만 그것도
한 번뿐이야.

체구만 보고 막연히 힘은
내가 더 셀 거라고
믿은 게 실수였어.

허억-

허억-

두 번은 안 통해.

…저자의 말이 맞아.

큰일 날 뻔했다.

진짜는…

이거거든!!

109

끝났어.

허억-

허억-

글쎄, 좀 섣부른
판단 아닌가?

느낌 제대로 왔어.

그냥 놔두면
내일 아침까지도
못 일어날걸.

힐끔

하긴. 그런 발차기를
허용하고도 다시 일어나면
그게 더 이상한 거겠지.

저거 정신 차리거든
앞으로는 깝치지 말고
조용히 지내라고 전해.

직원들한테는
알아서 애드리브 잘 치고.
혹시라도 나한테
귀찮은 일 생기면...

말 안 해도 알지?

가자.

...

꿀꺽

첫.

수고하셨습니다, 반장님!!

슥

우솔아!!

괜찮아?

손…대지 마.

응?

뭐? 너 설마?

다른 사람이
부축해주는 건…
공정하지 않잖아.

…더 싸울 수 있어.

형이 복수해주는 거 봤지?
고맙다는 말은 됐다.

닥쳐.

킥!
성질머리하고는.

쳇. 내 꼴만
우습게 돼버렸군.

거기 서!!

!?

…어떻게 벌써?

아직 안 끝났어.

쿡!!

겁나 비장하게 덤벼들었으면
뭐라도 좀 보여줘야지?
응?

어떻게 된 거야!!
힘 좀 내봐!!

컥!!

당연한 결과다.

상식적으로
이미 끝난 싸움이다.

정상 컨디션에서도 밀렸는데
크게 한 방 먹기까지 한
지금 승부를 뒤집는다는 건
불가능에 가까워.

그런데 왜…

왜 안 쓰러져?

아프고 숨도 차고 어지럽다.

싸움이고 뭐고 다 때려치우고 이대로 드러누워서 쉬고 싶은 마음이 굴뚝같다.

하지만…

살아남고 싶으면 절대로 포기하지 말고 끊임없이 발버둥 쳐.

그러다 보면 어느 순간 최고의 사냥꾼이 되어 있을 거야.

포기하지 않고 끝까지 발버둥 치다 보면

기회는 반드시 온다!

허억~!

허억~!

…뭐야, 이 새끼.
불사신인가?

허억~!

허억~!

네 특기는
이 발차기겠지?

내 특기는 이거야.

…뭐?

허억~!

허억~!

허억~!

허억~!

…절대로 쓰러지지
않는 것.

씨익

이걸로…

세계에서 가장 강한 남자의
항복도 받아냈었거든.

처억!

어디서
개허세를 부려?!

이번에야말로
끝장을 내주마!

턱!

처억!!

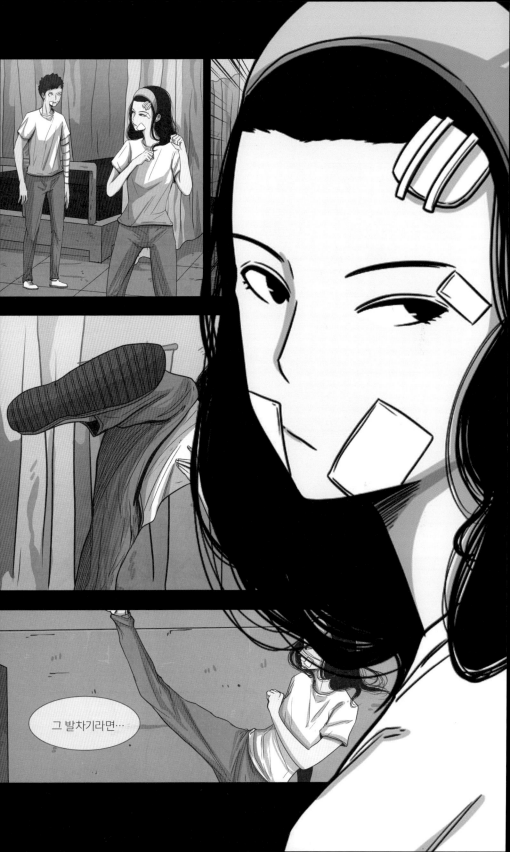

그 발차기라면…

좀았어!

큭!!

저 상황에서
반격을?!

여기서 끝장내지 못하면
다음 기회는 없어!

어!?

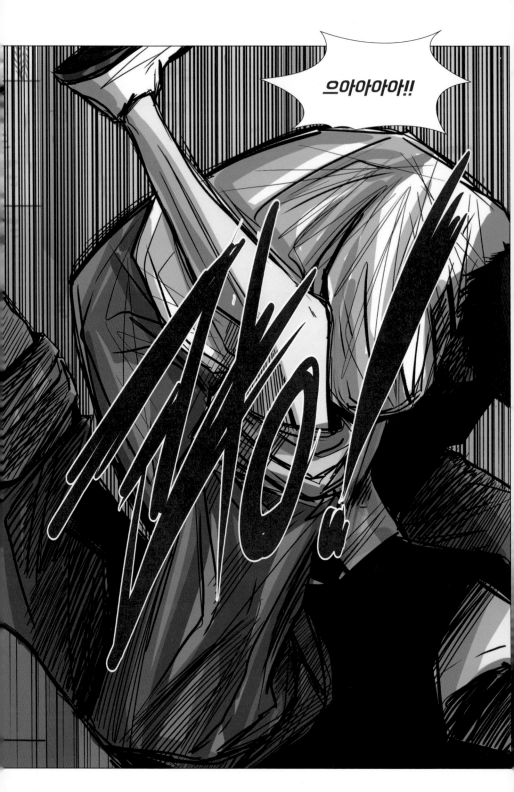

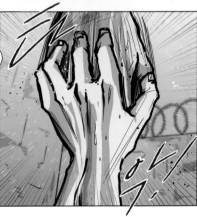

131

크윽!!

저건 제대로다!

우오오!!!

끝났어. 인정해.

끄으윽…

녀석 성격상
죽었으면 죽었지
항복 따윈
절대로 안 할걸.

이 이상은
네 안전을 보장 못 해.

고집부리지 말고
포기해!!

…웃기지 마.

뚜둑?!

!!

끄아악!!!!

부들

부들

!!

저 눈빛은?

...

오싹!

당장 기술을
풀어야 해.

자칫하면
돌이킬 수 없는 일이
벌어질 수도…

커헉!!

좆까.

그날 내가 왜 졌는지
이제야 알 것 같아.

저 녀석…

후우-

중간이 없어.

…언제가 됐든
진짜 엄청난 대형 사고를
치고야 말 놈이다.

…가자.

예, 옛!

가, 가자!

역시.

여기들
모여 있었군.

?!

전에 네가
말했던가?

확실한 증거를
가져오라고 말이야.

고문석

저벅

저벅

이번엔 제대로
증거를 잡은 것 같은데

어떻게 생각해?

뿌득

제길,
저 능구렁이가.

단순히 구경만
한 놈들은 전부 벌점 2점씩 부과하고
저기 치고받은 두 놈은 우선
의무실로 끌고 가.

이후 처분은
내일 내가 직접 조사한 후에
결정하겠다.

옛!!

리고 빛나라.

다 됐다.

다행히 크게 망가진
곳은 없으니까

며칠만 안정
취하면 회복될 거야.

그런데 우리 너무
자주 보는 거 아니니?

찌릿

…죄송해요.

에휴. 아파서 온 애한테
뭐라고 할 수도 없고.

후-

푹 쉬어.

…예.

뚜벅

뚜벅

슥

퇴원한 지 얼마나
됐다고 벌써 또 기어 와?

픽

!

깜짝!

그러는 그쪽은 퇴원한 날
곧바로 재입원했었잖아요.

씩

움찔

그래서
뭐 어쩌라고?

그런데…

?

몇 살이에요?

생각해보니까
난 매번 꼬박꼬박 존댓말
하는데 왜 자꾸…

그럼 너도
말 까든가 존만아.

…

144

똑
똑

들어와.

이번엔
또 어쩐 일로?

일단 좀 앉지.

지난밤 이야기는
잘 들었다.

이번에도 활약이
대단했다지?

어이.

?

큰형님 앞이다.
예의를 갖춰.

뜨식

그깟 칭찬 하나 하려고
바쁜 사람 오라 가라 한 겁니까?

앞으로 그런 건
그냥 문자로 하시죠.
귀찮게시리…

남이사.

물론 그깟 칭찬 때문에
불러낸 건 아니지 녀석아.

둘 다 거기까지만.

어제 너희가
확보한 사업장 말이야…

그곳을 너에게
맡겨볼까 한다.

깜짝!

예?

너도 슬슬 관리와
경영에 대해 배워야지.

물론 아직 미성년인
널 전면에 내세우면
여러 가지 귀찮은 문제가
생길 수 있으니까…

믿을 만한 바지 사장을
한 명 붙이긴 할 테지만
실질적인 경영은 네게
맡길 참이다.

찍

연습 삼아 해보기엔
딱 적당한 사이즈 같은데
네 생각은 어때?

됐습니다.
귀찮기만 하게
경영은 무슨.

귀찮기만 한 게 아닐 텐데.
잘만 하면 상당한 수입을
올릴 수도 있는 기회야.

지금 버는 것만으로도
충분합니다.

돈 같은 거 별로
관심 없는 거 아시면서.

...

정상을 주고 싶으면
싸움판이나 최대한 많이
깔아줘요.

별끔

전 그게
제일 재밌으니까.

허허, 뭐 본인 생각이
그렇다면야 별수 있나.

용무 끝났으면
나가보겠습니다.

스윽

그래. 수고했다.

저벅

저벅

쿵-

하여간에
재밌는 놈이야.

길게 데리고
있을 놈은 아닙니다.

음?

갓 생겨난
암세포 같은 놈입니다.

지금이야 힘이 부족하니
별문제 될 게 없지만
언제고 더 큰 힘을 얻으면
큰형님까지 잡아먹으려고
들 겁니다.

글쎄, 그런
야망이 있는 놈이라면
이런 좋은 제안을
거절했을까?

조직력이나
자금력이 아니라
순수한 폭력, 그 자체를
말씀드린 겁니다.

저 녀석, 처음 조직에
합류했을 때와는 비교도
할 수 없을 정도로
강해졌습니다.

어쩌면 머지않아 저희에게
위협이 될 정도로…

하하!

그런 일이 벌어진다면
나야 대환영이지.

안 그래도
너 외엔 마땅한
대련 상대도 없어서
지루하던 참인데
말이야.

유독 저 녀석과 관계된 일엔
지나치게 관대하십니다.

녀석의 솜씨를 아끼시는
마음은 알겠지만 경계할 건
경계하셔야 합니다.

아직 철이 없어서
그런 거지 뭐.

우리가 저 나이 땐
더했으면 더했지 덜하지는
않았었잖아.

기억나?

그땐 정말 개망나니들처럼
날뛰었는데 말이야.

큰형님만 그랬지요.
전 아닙니다.

하긴. 아무튼 그랬던
나도 요즘은 제법 사람
구실 하고 살잖아.

녀석도 시간이 지나면
괜찮아질 거야.

글쎄요.

...

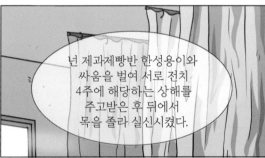

넌 제과제빵반 한성용이와 싸움을 벌여 서로 전치 4주에 해당하는 상해를 주고받은 후 뒤에서 목을 졸라 실신시켰다.

사실과 다른 부분이 있거든 이야기해봐.

...없습니다.

네가 저지른 행위는
중징계 대상이야.
거기에 이의 있나?

아뇨.

특별한 이의가 없다면
징벌방 10일의 징계에
처한다.

고문석

단 징계 대상자의
현재 건강 상태를 고려,
징계의 집행을 의무실 퇴실
이후로 연기한다.

알겠습니다.

어이, 차우솔이.

예?

난 네 스승 정도현을 존경하고 있다.

능력, 명성 이런 것을 전부 걸어낸 인간 정도현 자체를 말이야.

그 친구가 네게 싸우는 법을 가르쳐준 이유가 무엇인지 한번 잘 생각해봐.

네가 그 친구 인생의 두 번째 실수가 되지 않길 바란다.

...예.

뚜벅

뚜벅

후우-

어차피 이곳에서의 마지막 싸움이었어.

앞으로는 정말 운동만 열심히 하는 거야.

땅동-

땅동-

마침 운동 시간이네.

아직 정상 컨디션은 아니지만 가벼운 몸풀기 정도는 괜찮겠지?

어?

…여자아이들은
다 똑같구나.

친하긴.

밖에 나오기만 하면
귀신같이 달라붙어서
귀찮아 죽겠는데.

며칠 사이에
엄청 친해졌나 봐?

너도 거짓말은
참 못하는구나.

뭐?

그거. 영치금으로
산 사제 음식이잖아.

크기도 딱 맞게
잘라줬네.

꺼져.
괜히 시비
걸지 말고.

...

이름은 알아서
어디다 쓰게.

부를 때 쓰지
어디다 쓰긴.

...

씩긋

158

짜증 나게 왜 또
친한 척하고 지랄이야.

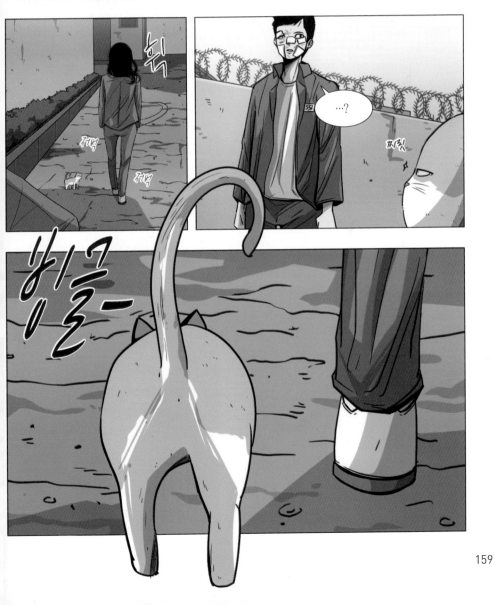

...?

지난번에도 그러더니
왜 또 갑자기 화를 내지?

정말 알다가도
모르겠다…

저벅.

저벅

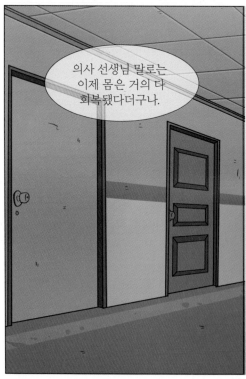

의사 선생님 말로는
이제 몸은 거의 다
회복됐다더구나.

너도 예상은 했겠지만
곧바로 복귀시켜줄 순 없고.

내일부터
또 징벌방으로 옮겨야
하는데…

내 이름 알아요?

응?

아냐구요. 내 이름.

?

이년, 저년, 그년, 씨발년.

무슨 말을 하고 싶은 건지 모르겠구나. 내가 그걸 모를 리가 없잖니.

아는데 왜 안 불러요?

여기 들어온 뒤로는 0444번.

0444

어쩌다 운 좋으면 너.

나한테도 이름이란 게 있었더라고요.

항상 다들 그렇게 불러서 까먹고 있었는데…

덜컹!

끼이익-

0915번,
원래 방으로 복귀다.

반성 많이 했나.

예.

슥

요즘 들어 사건 사고가
부쩍 증가한 것 같지 않아?

!

한 명 나가기가
무섭게 두 명 더
들어오게 생겼잖아.

그러게 말이야.
징벌방이 무슨
여인숙도 아니고.

두 명?
…설마.

혹시 목공하고
제과제빵반 반장
녀석들입니까?

!?

시끄러 인마.
누가 근무자한테
함부로 말 걸라든?

…죄송합니다.

그 녀석들, 그사이에
또 얼마나 날뛴 거지?

철컥!

끼이익~

쿵!

고생 많으셨습니다!

별로 고생하지 않았습니다.

됐다. 지난 열흘간 너희가 더 고생했겠지.

음?

그게 무슨
소리야?

믿기 어려우시겠지만
사실입니다.

둘 다 깔끔하게
털렸습니다.

설마 그 녀석들,
정도현이라도
건드린 거야?

그렇게까지 얼빠진
녀석들인 줄은 몰랐는데.

*제정신이
아니군...*

아, 너무 오래 자리를 비우시느라
소식을 못 들으셨나 본데,
그 사람은 얼마 전에 나이가 차서
성인교도소로 이감됐습니다.

그럼 누가?
새로운 놈이 들어온 건가.

아뇨.
기존 수감자입니다.

기존 수감자 중엔
그만한 실력자가
없을 텐데.

차우솔이라고,
정도현이 남기고 간
제자입니다.

그 사람의...
제자?

예. 불과 몇 달 전까지만 해도
아무것도 아니었는데…

정도현하고 같은 방 쓰면서
미친 듯이 훈련했답니다.

아무리 좋은 스승 밑에서
배워도 몇 달 사이에
그 둘을 상대할 수 있을 만큼
성장하는 건 불가능할 텐데.

네가 보기엔 어때?
골칫거리인가?

그건 아직
잘 모르겠습니다.

저희 방에 합류하고
얼마 안 돼서 목공반 보스에
제과제빵반 보스까지 연달아
상대하다가 근무자들에게 적발됐으니
아마 당분간은 얼굴 보기
힘들 겁니다.

잠깐. 녀석이
이 방에 있었다고?

예. 오자마자 여기저기 들락거리는
바람에 거의 마주치진 못했지만
일단은 저희 방 소속입니다.

…

이 사람이 우솔이에게
관심을 갖는 건
별로 좋지 않은데.

…하긴. 당연히 관심을
가질 수밖에 없겠지.

차우솔에 관해서는
친구인 현민이가
가장 잘 알 겁니다.

파드득!

친구?

예? 예!
같은 날 입소했고
마침 나이도 동갑이라
친해졌습니다.

…

저기 외람된 질문입니다만 나중에 그 사람이 돌아오면…

어떻게 하실 작정이십니까?

다들 알겠지만 난 이곳 서열에 별 미련 없다.

다만…

만에 하나 녀석이 우리 애들을 건드리는 일이 발생하면 거기에 합당한 제재를 가해야겠지.

인사라도 해야 하나.
그래도 덕을 봤는데…

다 나아서
가는 건가?

아니,
또 괜히 친한 척한다고
짜증 내면 어쩌려고?

…

멈칫.

슥

171

훅

배언신.

깜짝!

...응?

이름 알려달라며.
바보냐?!

아...

철컥

덜컹!

잠깐만요.

왜?

?

…얘가 또 무슨
진상을 부리려고.

의무실 주변에 돌아다니는
길고양이가 한 마리 있거든요.

응?
···고양이?

저 여기 있는 동안
가끔씩이라도 가서
밥 좀 챙겨주세요.

멍청해서 혼자 놔두면
쫄쫄 굶을 게 뻔해서.

···

부탁드릴게요.

화들짝!

어?!

어··· 그래.
시간 날 때마다
챙겨줄 테니까
걱정 마.

176

고맙습니다.

!?

…부탁드릴게요?

…고맙습니다?

퇴근하면 로또라도
한 장 사야 될까 봐.

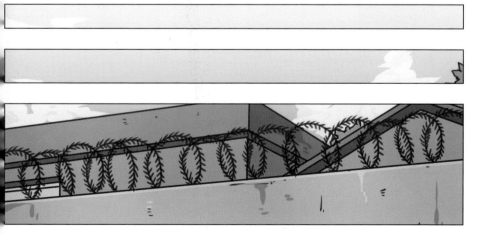

덜컥!

!

뚜벅, 뚜벅,

여어! 패잔병 동지 벌써 퇴실했냐.

흥! 애당초 부상은 그 녀석이 나보다 훨씬 심했거든.

맞짱은 졌지만 정신만은 승리하신 분이 요기 있었네?

하, 새끼가 진짜. 오랜만에 한 따까리 할까?

빠지직~

빠지직~

덜컥!

회복도 덜 된 몸으로 덤벼주면 나야 땡큐지.

178

!!

그러고 보니
벌써 저 녀석이
돌아올 때가 됐군.

쳇, 아직 정상
컨디션이 아닌데…

뚜벅

뚜벅

뚜벅

뚜벅

녀석의…

쓱

쓱

사정거리에
들어왔다!

너희 둘.
잠깐 나 좀 보자.

!?

경고하는데
아무도 따라
나오지 마라!

찌적!

움찔!

하! 세게 나오면
누가 겁먹을 줄 알고?

뚜벅

뚜벅

아무리 우리가
막 나가는 놈들이라지만
지금 여기서 붙자고?

하아—

징벌방에 너무 오래
갇혀 있다 보니까
머리가 어떻게
돼버린 거 아냐?

움찔

둘이 사이좋게
망신당했다는
소식은 들었다.

움찔

…그래서?
비웃기라도
할 셈이냐?

무슨 헛소리냐.

너희 둘을
설득시킬 자신도,
굴복시킬 자신도
말이야.

알다시피
난 운동을 좀 했을 뿐
싸움은 좋아하지
않는다.

그럼에도 불구하고
지금까지 너희와 대립했던 건
자신이 없었기 때문이다.

그런데 이제는
상황이 완전히
달라졌잖아.

이제 우리 정비반이
나머지 모든 반을 압도한다.

어때,
내 말이 틀렸나?

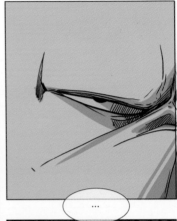

...

그래서 강자의 입장에서
한 가지 제안을 할까 한다.

이 녀석이 또
무슨 소릴 하려고?

평화협정이다.

!?

적어도 우리가 반장 자리에
있을 동안만이라도 말이야.

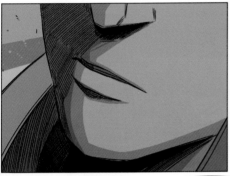

지금껏 우리끼리 죽도록
치고받아서 얻은 게 뭐냐.

징벌방, 부상, 형량 추가.
이딴 것뿐이잖아.

이제 그만 그런
바보짓을 멈추자는 거다.

말은 번지르르하다만
우리가 그 제안을
받아들여서 얻는 게 뭔데.

별수 없군.
나도 승낙하겠다.

고맙다.

첫, 좋아.
일단은 네 의견대로
해주지.

그럼 모두에게
그렇게 전달하겠다.

치료는 잘 끝났지만
당분간은 무리하지 말고
조심해야 하는 거 알지?

예.

그리고 말이야.

?

너를 치료하는 건
이번이 마지막이었으면
좋겠어.

아...

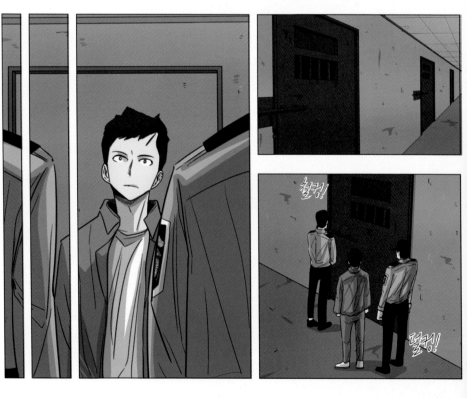

들어가.

이곳이
징벌방이구나.

도현이 형하고
같이 쓰던 방보다
훨씬 좁잖아.

이런 곳에서는
유산소운동은커녕
쉐도우 스파링조차
힘들겠는걸.

…이제부터
뭘 어떡하면
좋을까.

…꿈이었구나.

하아~

하아~

안 돼!!

픽...!

하아~

어제의 일
때문인가.

어젯밤

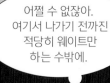

어쩔 수 없잖아.
여기서 나가기 전까진
적당히 웨이트만
하는 수밖에.

그리고 오늘치 웨이트는
아까 다 마쳤으니까…

다시 현재

그 격차를 생각하면
나에겐 휴가 같은 건 사치야.

녹

투욱

단 하루, 단 한순간이라도
허투루 보내선 안 돼.

특

하지만 이 안은 너무 좁아서
정상적인 트레이닝을 하기 곤란한
것 또한 엄연한 사실이다.

후우

후우

징벌 기간을
가장 가치 있게
보낼 수 있는 방법이
무엇일까?

번쩍!

…있다!

이 안에서도
연마할 수 있는 기술이!

아, 죄송합니다.
잠이 잘 안 와서요.

표준 일정 미준수는
벌점 사유인 거 몰라?

거기! 새벽부터
뭐 하는 짓이야?

괴상한 짓거리
하지 말고 잠이나 자.

예.
주의하겠습니다.

이 기술은 공식 시합에서는
사용할 수 없어.

제압보다는 살인에,
스포츠보단 전쟁에
더 어울리는 기술이니까.

아직까지
단 한 번도 완벽하게
성공한 적 없는
두 번째 기술.

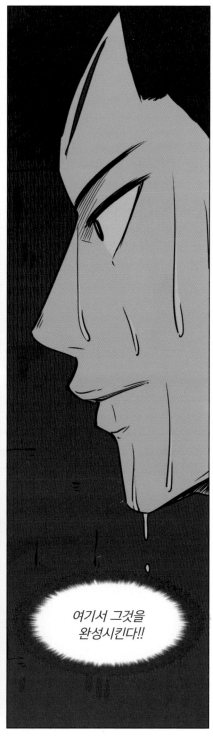

여기서 그것을
완성시킨다!!

너나 그 녀석이나
요주의 인물이란 것쯤은
알고 있겠지?

알고 있습니다.

그럼 됐다.

예.

이제 곧 우솔이가
돌아온다.

두 사람…

같은 방을 쓰면서
아무 문제 없이
지낼 수 있을까?

1552번.
원래 방으로 이감이다.

음?

1552번!!

허억!

허억!

괜찮나?!

1552번!!

번 뜩

허억ㅡ

아… 벌써
갈 시간인가요?

허억ㅡ

203

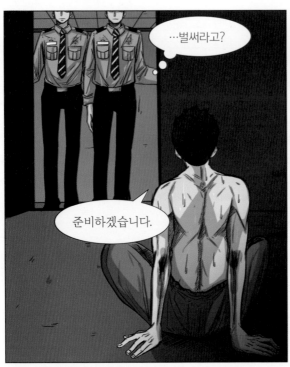

…벌써라고?

준비하겠습니다.

후우

가시죠.

아뇨.
운동했습니다.

…너 혹시
자해했냐?

…

아슬아슬하게
완성했어.

그런데…

언젠가 녀석
앞에 섰을 때…

서슴지 않고
사용할 수 있을까?

…

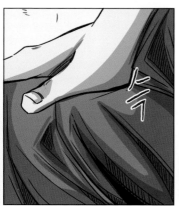

수고했어, 우솔아.
뭐를은 왜 그래?

어, 현민아.

넌 처음 뵙지?
방장님이셔.

이, 인사
드려야지.

차우솔입니다!
나이는 17살이고
살인미수로 3년
받았습니다!

네가
차우솔이구나.

훅

수웅

움찔

!!

크다.

이원준보다도
훨씬 커.

여기저기서 들은 게
좀 있으니 단도직입적으로
묻겠다.

내 자리를
원하나?

...

아닙니다.

…

그리고
녀석들아.

…?

고생하고 돌아온
동료한테 박수라도 치면서
환영해줘야지.

…예?

여기 자리
하나 내줘라.

발딱!

옙!!

힘들었을 텐데
수고 많았다.

?

1552

짝

짝

짝

이게 바로 평화의 스멜!

걸레 빤 물 스멜이겠지.

크헤헤 그런가?

...잘됐어.

이제 정말 마음 놓고 내 할 일만 할 수 있겠어.

한동안은 평화로운
나날이 계속됐다.

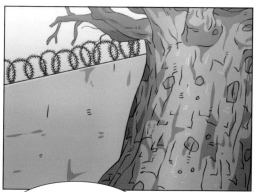

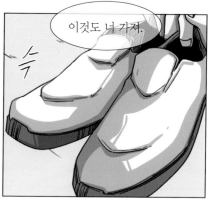

이것도 너 가져.

이제 나한테는
필요 없는 거니까.

651

...

뭐야 그 표정은?
아직 열 번도
안 신은 거야!

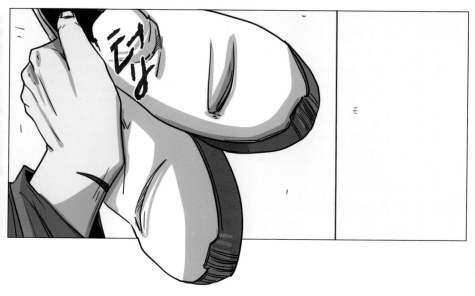

분명히 축하할 일인데
뭔가 좀 아쉽네.

뭐가.
너도 1년만 더 버티면
나갈 텐데.

우리 나가서도
볼 수 있는 거지?

...응?

...

나도 그럴 수 있으면
좋겠다.

안현민 씨.
서두르세요.

예에.

지난 2년간
다들 정말 고마웠어요.

반장님도
조금만 더 고생하세요.
진짜 얼마 안 남으셨잖아요.

나 진짜 갈게!

2년이란 시간이 흐르는 동안
정말로 많은 사람들이
들어오고 또 나갔다.

그리고 오늘,

이곳에서 사귄 가장 친한
친구인 현민이가 떠났다.

...고 빛나라.

덜컥

고생 많으셨습니다.

!?

...아저씨가 여긴 왜.

부족한 것 없이 모시라는
어르신의 분부가 있었습니다.

221

…부족한 것 없이?

픽

덜컥

일단 타시죠.

됐어요.
혼자 갈게요.

그러시면
안 됩니다.
어르신께서…

뚜벅

뚜벅

나 오늘 출소
첫날이에요.

이 정도는
좀 눈감아주시죠.

뚜벅

뚜벅

뚜벅
뚜벅

…

후우- 후우-

…현민이는 지금쯤
어디서 뭘 하고 있으려나.

집에 가서 가족들하고
밥부터 먹었겠지?

후우- 후우-

패스해!

아닌가. 이런 날엔
외식을 하는 게 더
어울리려나.

뭐가 됐든
부럽네.

나도 1년만
더 지나면…

번뜩!

아!!

…또 깜빡 잊고
두 바퀴나
더 뛰어버렸네.

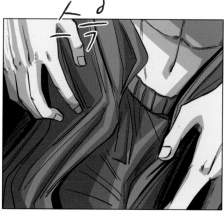

처음엔 속을 게워내고
기절까지 했던
거리인데.

이게 뭐라고
그렇게까지 힘들어했을까.

…

숙

사아아-

삐걱

삐걱

어, 엄마야....

두쿵-!
두쿵-!

뻐억!

죄, 죄송합니다!
몰라뵀습니다!!

됐으니까 가봐.

552

정말 죄송합니다.
부디 용서를…

나 정말로 아무렇지도
않으니까 가보라니까.

설설설

감사합니다!!

살았다...

두근

넌 엄마
건드리지 마셈!

두근

228

아 참!

울찔!

울찔!

...옛?

이거
가져가야지.

넵!!

후다닥!

이원준과 한성용이 차례로 출소하자
이곳은 완전히 정비반의 천국이
되어버렸다.

얼마 전,

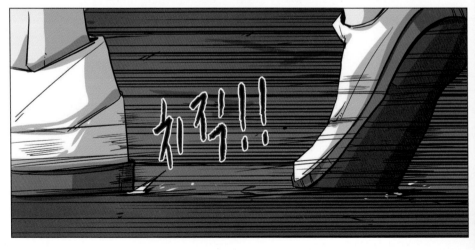

2년이란 시간을
허투루 보내지는 않았다.

도현이 형이 알려준 대로 하루도
빠짐없이 단련하고 또 단련한 결과,
나는 더 빠르고, 더 강하고, 더 능숙해졌다.

하지만 아쉽게도…

…

성과를 확인할
방법이 없다.

뺄 것 없어.

앞으로 쭉 해야 할 일이다.

하하…

척

안녕하십니까! 이름은 양기표! 나이는 스무 살!

폭력 단체 활동 혐의로 1년 6개월 받았습니다!!

스무 살이면 나보다 한 살 많네. 말 편하게 해도 되니까…

아닙니다! 바깥에 있을 때도 저보다 어린 형님을 모셔서 익숙합니다!!

형님? 그럼… 조폭?

옛!!

서울 우용이파에서 배석찬 형님 휘하에서 활동했습니다!

…배석찬?

깜짝!

옛!!

혹시 한쪽 눈이
안 보이는?

예, 맞습니다.

…그 사람 어때?

나이는 어리지만
조직 서열 3위에 랭크된
엄청나게 강한 분이십니다.

예전에
큰형님께 딱 한 번 진 것 빼곤
백전백승이라고 들었습니다.

그런데 혹시
저희 형님하고
아시는 사이십니까?

알지.

…아주 잘.

빨리 빨리 해라.

옛!

...

어이, 차우솔.

움찔

예?

아무리 차기 반장이라도
자기 침구류 정도는
직접 깔아야지.

스윽

아, 예...

...

저기, 반장님.

음?

한 가지 부탁드릴 게 있습니다.

뭔데?

저하고…

싸워주십시오.

!!

멈칫!

!!!!

툭

왜지?
네가 섭섭하게
생각할 만한 짓을
저지른 기억은 없는데.

내 자리가 탐나는 거라면
어차피 며칠 후면
자연스럽게…

그런 거
아닙니다.

그냥…
반장님이라면,

아니 반장님만이
알려주실 수 있을 것
같습니다.

?

…지난 2년간의 성과를.

꽉 악!

녀석,
많이 목말랐구나.

그렇다면…

상대해주지.

들던 대로
엉성한 자세다.

같이 치고받지만 않으면
의외로 쉽게 이길지도 몰라.

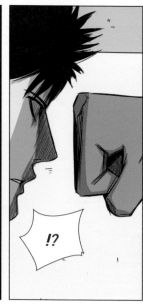

!?

체구답지 않은
엄청난 핸드스피드다.

정신 바짝
차려야겠어.

꼬악!

워어!

콰직!

꽉!! 꺼억!!

꺼억!!

됐어! 전부 깔끔하게 들어갔어.

겨우 이 정도로…

덜썩!

?!

!!

내게 도전한 거냐!

사람을…

던졌어?

너무 안일하게
생각했어.

내가 갖은 고생 끝에
간신히 쓰러뜨린 두 사람과
2대 1로 싸워서 승리한
사람이다.

…쉬울 리가
없잖아.

괜찮은가.

아직은
괜찮습니다.

그래 그럼…

244

엄청난
위압감이다.

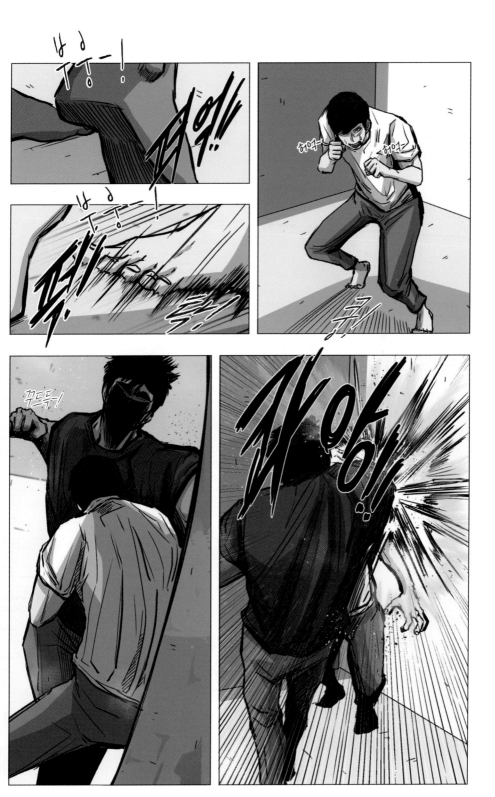

공간이 너무 좁아.
한 발짝만 더 밀렸으면
완전히 갇힐 뻔했어.

그건 그렇고…

꽤 많은 공격이
적중했는데 정말
아무렇지도 않나?

계속해야지.

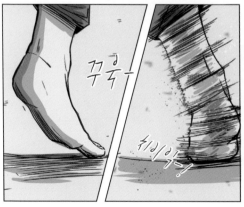

끝까지
두드리다 보면
언젠가는 쓰러진다.

끝까지 버티다 보면
한 번은 붙잡을 수 있다.

아슬아슬했어!

손가락 하나면…

어?!

충분해!!

!!!!

안 돼, 동시에
주고받으면 내가…

후우…

…?

어?

내가 졌다.

!?!?

허, 헐…

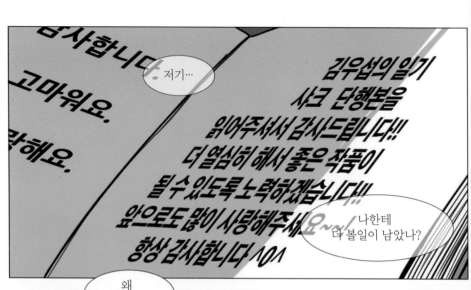

감사합니다

고마워요.

...해요.

저기…

김우섭의 일기
시크 단행본을
읽어주셔서 감사드립니다!!
더 열심히 해서 좋은 작품이
될 수 있도록 노력하겠습니다!!
앞으로도 많이 사랑해주세요~~!
항상 감사합니다 ^O^

나한테
더 볼일이 남았나?

왜
그랬어요?

무척 간단한
문제인 것 같은데?

무슨 말을 하는지
모르겠군.

하지만 분명…

어제
마지막 주먹…

내가 봐주기라도
한 것 같나?

네가 더 빨랐고
내가 더 느렸다.

그래서 내 주먹이 닿기 전에
네 주먹이 먼저 닿았다.

…

팔락

100% 다 보여주지 않은 건 너도 마찬가지일 텐데?

흣!!

…이 사람, 전부 다 알고 있었어.

정 찜찜하면 어제는 그냥 비긴 걸로 치든가.

나중에 다시 만날 일이 생기거든 그때 진짜 결판을 내는 걸로 하고.

…

킹동~

팽동~

탁

우리 애들
잘 부탁한다.

그럼
난 이만.

...

자신이 떠나더라도 다른 반의 강자들이 감히 딴마음을 품지 못하도록 많은 사람들이 지켜보는 앞에서 교도소 최강자의 이름을 물려준 거야.

자신의 몸집보다…

…이제야 알 것 같다.

더 큰 그릇을 가진 사나이다.

얼마 후,
정상협마저 교도소를 떠나자
나는 이곳의 명실상부한
일인자 자리에 올랐다.

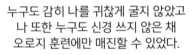

누구도 감히 나를 귀찮게 굴지 않았고
나 또한 누구도 신경 쓰지 않은 채
오로지 훈련에만 매진할 수 있었다.

...벌써 시간이
이렇게 흘렀나.

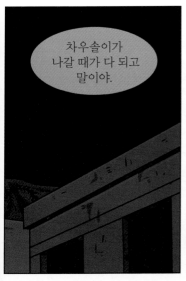

무엇보다 운동을
본격적으로
해보고 싶습니다.

그래,
나가서 싸움박질이나
하는 것보다야
그쪽이 백배 낫지.

너라면
나가서 뭘 해도 잘할 거다.
강단이 있는 놈이니까.

…

건의 사항이나
그 밖에 하고 싶은 말은
없고?

그동안 여러모로 감사했습니다.

나가봐.

이제 내일이면 정말로 이곳을…

나간다!!

그러고 보니
벌써 내일이군.

야 인마!!

응?

내가 지금 말하고 있잖아!!

아 미안, 달빛이 너무 보기 좋아서 말이야.

근데 방금 뭐랬더라?

여기 이분으로 말씀드릴 것 같으면 한때 서울 암흑가를 주름잡으셨던 물범 큰형님이란 말이다!

척!

어흠, 어흠.

아하. 그래서?

그래서는 무슨 그래서야!! 네가 왕년에 챔피언이었는지 뭔지는 잘 모르겠지만 이제부턴 물범 큰형님께 복종해야 한다는 말이다!!

글쎄, 형님이라고 부르기엔 너무 삭은 것 같은데. 솔직히 아저씨라고 부르기도 좀 그렇다.

…대충
할저씨 정도?

근데 이 새끼가!!

젊은 친구가 평생 운동만 해서
아직 뭘 모르나 본데, 내가 운수가
사나워서 잠시 들어오긴 했지만
바깥에 부하 수백 명을 거느리고
있는 사람이야.

…

내게 협조하면
안전 보장은 물론이고
적지 않은 경제적
이득까지…

2하15

…어른이
말을 하면 좀 듣지.

269

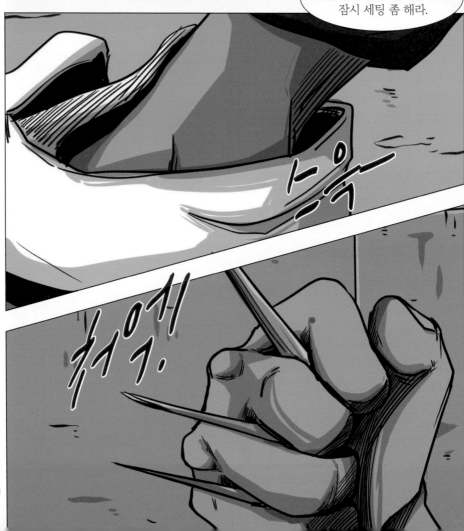

들어올 때 입고 왔던 옷으로
갈아입고 잠시만 대기하세요.

탁

덜그럭

차우솔

퍼석

짜거훈

...그땐
정말 작았구나.

덜컹!

마지막으로
확인 한 번 할게요.
차우솔 씨 본인 맞습니까?

예.

영치품 중에 빠진 거나
이상 생긴 건 없고요?

예.

이제 다 끝났습니다.

출소 증명서

수고
많으셨습니다.

드디어…

드디어…

쿠-웅

차우솔 출소

285

어린 시절
난 지극히
평범한 아이였다.

어린 시절부터
난 매우 특별한
아이였다.

하지만

하지만

그날의 사건 이후 난…

그날의 사건 이후 난…

자유를 잃었다.

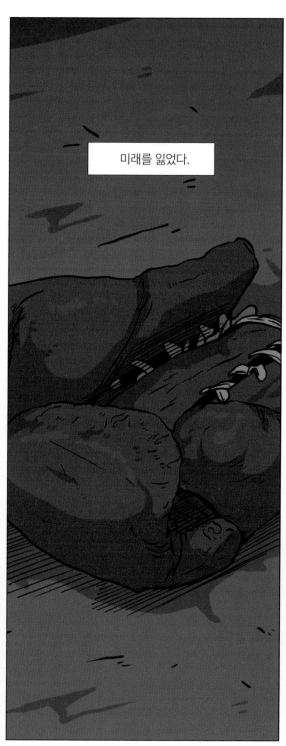

미래를 잃었다.

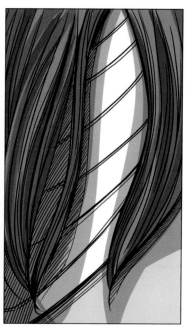

…이후
새로운 사람을 만나

새로운 삶을
얻었고

…이후
새로운 사람을 만나

새로운 삶을
얻었고

마침내
오늘…

마침내
오늘…

다시 한 번
녀석의 앞에 섰다.

휴리잉-

결국 이날이
오긴 왔네.

...

자리 옮겨야지?

타라.
배짱 있으면.

휙

떨컥

차-우-솔

떨컥

오호, 안 쫄려?

멋지지 않아?

예전부터
눈여겨봐둔 곳이야.

재개발한답시고
주민들 다 내보낸 후에
계획이 취소돼서
완전히 버려진 곳이지.

덕분에 목격자도,
CCTV도, 블랙박스도
아무것도 없어.

오늘 이 자리에서
무슨 일이 벌어지든
아무도 모른다는 뜻이야.

말 많은 건
여전하네.

오호.

3년간 놀고먹기만
한 건 아닌가 봐?

덕분에
고생 좀 했지.

큭큭큭…

그 3년이 얼마나 헛되고
무의미한 시간이었는지…

!

뼈저리게
느끼게 될 거야.

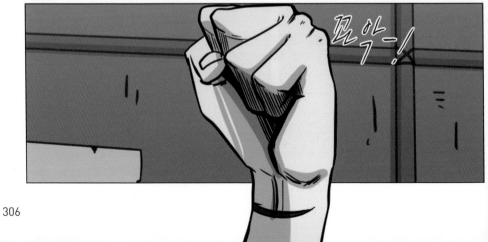

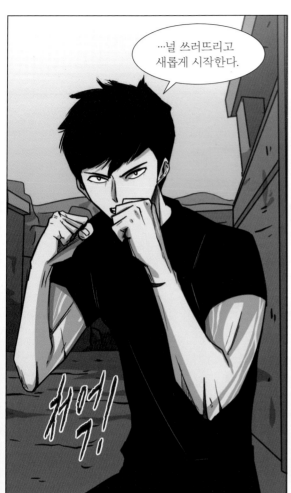

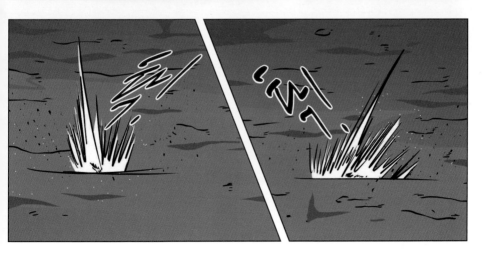

영차!

딱 맞춰
도착했네.

드르륵—

드르륵—

시즌 1 END

운雲

《샤크》 단행본을 읽어주셔서 감사합니다.

처음으로 팬레터와 독자의 선물이라는 것을 안겨준 작품.
처음으로 '미리보기 수익'이란 것을 안겨준 작품.
제 작품 중 처음으로 해외 진출에 성공한 작품.
그리고 제 첫 단행본이 되어준 작품.

저에게 《샤크》는 작가 인생의 전환점이 되어준
고맙디고마운 작품입니다.

이 작품을 통해 지극히 평범한 이라도 비범한 노력을 한다면
얼마든지 특별해질 수 있다는 메시지를 전하고 싶었습니다.
여전히 많이 부족하지만, 이 작품이 타고난 재능도 재산도 없이
하루하루를 버텨나가는 대다수의 평범한 '우리'에게
조그마한 위로와 응원이 될 수 있다면
더 바랄 것이 없을 것 같습니다.

저 역시 상어처럼 멈추지 않고 전진해나가겠습니다.

김우섭

만화를 하면서 꼭 이루고 싶었던 첫 단행본이 나왔습니다.
처음이라 어설프고 부족함이 많이 보이는 그림에도 불구하고
많은 분들이 사랑해주셨기 때문에
이런 기회도 얻었다고 항상 생각합니다.
보답하는 길은 더 발전되고 좋은 그림을
보여드리는 것밖에 없는 것 같습니다.
항상 노력하는 사람이 되겠습니다.
봐주셔서 감사합니다.